PIRITHOÜS,

TRAGEDIE

REPRESENTÉE

POUR LA PREMIERE FOIS,

PAR L'ACADEMIE ROYALE de Musique, le Mardi 26. Janvier 1723.

Le prix est de Quarante sols.

A PARIS,
Chez la Veuve de PIERRE RIBOU, sur le Quai des Augustins, à la descente du Pont-neuf, à l'Image saint Loüis.

M. DCC. XXIII.

AVEC PRIVILEGE DU ROI.

ACTEURS & ACTRICES CHANTANS dans tous les Chœurs du Prologue & de la Tragedie.

COSTE' DU ROY.	COSTE' DE LA REINE.
Mesdemoiselles	*Mesdemoiselles*
Constance.	Millon.
Souris-L.	La Roche.
Antier-C.	Tettelette.
Souris-C.	Charlard.
Catin.	Perignon.
Royer.	Ducoudray.
	Mangot.
Messieurs	*Messieurs*
Flamand.	Corbie.
Brêmond.	Lemire-C.
Loüet.	Morand.
Saint Martin.	Dautrep.
Deshayes.	Corail.
Grand-sire.	Houbeau.
Buzeau.	Duchesne.
Duplessis.	

ACTEURS CHANTANS
DU PROLOGUE.

L'EUROPE, Mlle. Hermance.
L'AMOUR, Mlle. Catin.
L'HYMEN, Mlle. Lizarde.
UNE EUROPEENE, Mlle. Minier.
BELLONE, M. Dun.
Chœur des Peuples de l'Europe.

ACTEURS DANSANS
DU PROLOGUE.

BERGER HEROIQUE.
Monsieur Dupré.
Messieurs Dangeville, P. Dumoulin, Maltaire, Duval.

BERGERES HEROIQUES.

Mademoiselle Menés
Mesdemoiselles La Ferriere, de Lastre, Tiber, Roland,
Monsieur Laval, Mademoiselle Corail.

PROLOGUE.

Le Théatre représente un lieu préparé pour une Fête. L'Europe est sur un Trône; elle est entourée des Peuples les plus considerables de cette partie du monde, qui forment les Chœurs chantans & dansans.

SCENE PREMIERE.

L'EUROPE.

O Vous! que le destin a, mis sous ma puissance,
Peuples heureux, joüissés du repos;
La gloire a couronné vos penibles travaux,
Une tranquille paix en est la recompense.

Vos vertus, vos talens, dignes presens des Dieux.
Rendent l'Europe sans égale,
Et l'Asie, autrefois ma superbe Rivale
A perdu pour jamais ce titre glorieux.

Vous triomphés sur la terre & sur l'onde,
Tout suit vos loix, ou tombe sous vos coups;
L'Indien vous admire avec des yeux jaloux;
Les richesses du nouveau Monde
Ne semblent croître que pour vous.

Chantés, celebrés votre gloire,
Que de vos chants retentissent les airs;
Que vos aimables Jeux, que vos brillans Concerts,
En éternisent la memoire.

CHOEUR.

Chantons, celebrons notre gloire,
Que de nos chants retentissent les airs,
Que nos aimables Jeux, que nos brillants Concerts
En éternisent la memoire.

On danse.

UNE EUROPE'ENE.

Doux plaisirs
Tout enchante où vous êtes,
Comblés nos desirs

Dans ces retraites;
Le plus doux des vainqueurs
Regne ſeul dans nos cœurs.
Quel Empire!
Tout ce qui reſpire
Soupire
D'amour
Dans ce beau ſéjour.
Loin de nous
Importune ſageſſe,
Fuyez ſoins jaloux
Fuyez ſans ceſſe,
Vous troublés le bonheur d'un Amant;
Un ſoupçon qui le bleſſe,
Lui fait quelquefois un tourment
D'un plaiſir charmant.

Vous à qui tout rend les armes,
Tendre Amour, lancés vos traits,
Pour la gloire de vos armes
Laiſſés-nous aimer en paix,
Regnez, mais ſans allarmes,
Ou ſur nous ne regnés jamais.

On danſe.

L'EUROPE.

On entend un bruit de Guerre.

Ciel ! quel bruit se répand dans ce séjour heureux?
Qui peut venir troubler nos Jeux.

Bellonne traverse le Theatre par un vol rapide.

SCENE II.

BELLONE, *& les Acteurs de la Scene précédente.*

BELLONE *aux Peuples.*

Pour vous faire rougir d'une indigne foiblesse
Bellone s'offre à vos regards,
Eh quoi ? les favoris de Mars
Sont-ils faits pour des Jeux ou regne la molesse ?
Dans un honteux repos gardez-vous de vieillir,
Renouvellez vos anciennes querelles ;
Combattez, méritez des palmes immortelles,
Les vaincus même auront droit d'en cueillir.

Courés, volez aux armes,
Hâtez-vous genereux Guerriers.

CHOEUR

CHOEUR *de Peuples.*

Courons, volons aux armes.

L'EUROPE.

Cruelles, voulez-vous que mes larmes
Arrosent encore vos lauriers ?

BELLONE.

Hâtez-vous genereux Guerriers,
Courez, volez aux armes.

CHOEUR.

Courons, volons aux armes.

L'EUROPE.

Maître absolu des Mortels & des Dieux
Si tu ne peux calmer ces transports furieux,
Arme toi, frappe, & d'un coup de tonnerre
Renverse ces audacieux.
Ils veulent rallumer le flambeau de la Guerre.

Une lumiere se répand dans les airs.

Le Ciel brille d'un nouveau jour :

Symphonie.

Quels doux concerts? quel Dieu dans ces lieux va
descendre?
Je vois l'Hymenée & l'Amour,
Jupiter a daigné m'entendre.

L'AMOUR & L'HYMEN *descendent dans le même char.*

L'AMOUR à L'EUROPE.

Jupiter exauce tes vœux;
C'est vainement que Bellone conspire,
Et l'Amour, & l'Hymen par leurs aimables nœuds
Assurent à jamais la Paix dans ton Empire.

BELLONE.

Eloignons-nous de ces Climats heureux.

Elle sort.

L'HYMEN.

Peuples du Tage, & de la Seine
Liez par une double chaîne
Rien ne sçauroit troubler votre felicité,
Mon flambeau pour l'Europe est un heureux présage.
Que dis-je! il est le gage
De sa tranquillité.

L'AMOUR & L'HYMEN.

Pubiez l'heureuse victoire
Que l'Amour & l'Hymen remportent sur vos coeurs.
Ils triomphent de vos fureurs,
Chantez votre bonheur & celebrez leur gloire.

On danse.

CHOEUR.

Publions l'heureuse victoire
Que l'Amour & l'Hymen remportent sur nos coeurs.
Ils triomphent de nos fureurs,
Chantons notre bonheur, & celebrons leur gloire.

Fin du Prologue.

ACTEURS CHANTANS
DE LA TRAGEDIE.

PIRITHOUS, *Roi de Thessalie*, M. Muraire.
EURITE, *Roi des Centaures*, M. Tevenard.
THESE'E, M. Dubourg.
HIPPODAMIE, *Amante de Pirithoüs*, Mlle. Toulou.
HERMILIS, *Sœur d'Eurite, fameuse enchanteresse*, Mlle. Antier.
ACMENE, *Confident de Pirithoüs*, M.
LE GRAND PRESTRE de Mars, M. Lemire.
Troupes de Lapithes, Sujets de Pirithoüs.
Troupe de Centaures, Sujets d'Eurite.
Troupe d'Atheniens, de la suite de Thesée.
Troupe de Magiciens.
LA DISCORDE, M. Tribou.
Troupe de Bergers & de Pastres.

La Scene est en Thessalie, aux environs de l'Arisse, Ville Capitale des Etats de Pirithoüs.

DIVERTISSEMENT DU PREMIER ACTE.

Un Centaure, M. Grenet.
Un Centaure, M. Lemire.

SECOND ACTE.

Un Songe, Mlle. Minier.
Un Songe, M. Grenet.

TROISIEME ACTE.

Le Grand Prêtre, M. Lemire.
L'Oracle, M. Guedon.

QUATRIEME ACTE.

La Discorde, M. Tribou.

CINQUIEME ACTE.

Premiere Bergere, Mlle. Julie.
Seconde Bergere, Mlle. Lizarde.

ACTEURS DANSANS

DE LA TRAGEDIE.

ACTE PREMIER.

CENTAURES.

Monsieur E-Dumoulin.

Messieurs Marcel, Dupré, Dumoulin-L, Mion, Javilliers, Pierret, Maltaire, Duval.

ACTE SECOND.

ESPRITS

Transformés en songes inquiets.

Madmoiselles Prevost.

Messieurs Dumoulin-L, F-Dumoulin, P-Dumoulin, Laval, Dangeville, Mion.

Mesdemoiselles Delisle, Rey, Tiery, Duval, Corail, Lemaire.

ACTE TROISIE'ME.

ATHENIENS ET ATHENIENNES.

Monſieur Blondy.

Meſſieurs Dumoulin-L. Mion, Pierret, Maltaire, Duval.

Meſdemoiſelles la Ferriere, Deliſle, Duval, Delaſtre, Rey.

Monſieur Marcel, Mademoiſelle Menés.

ACTE QUATRIE'ME.

MAGICIENS.

Monſieur Dupré.

Meſſieurs P-Dumoulin, Dangeville, Laval, Pierret, Mion, Maltaire, Duval.

ACTE CINQUIE'ME.

FESTE DE VILLAGE.

Monſieur D-Dumoulin, Mademoiſelle Prevôt.

PREMIER QUADRILLE.

Meſſieurs P. Dumoulin, Dangeville, Mion.

Meſdemoiſelles la Ferriere, Delaſtre, Tiery.

SECOND QUADRILLE.

Messieurs Pierret, Maltaire, Duval.

Mesdemoiselles Lemaire, Tiber, Roland.

UN PASTRE.

Monsieur F. Dumoulin.

PIRITHOUS

PIRITHOUS
TRAGEDIE.

ACTE PREMIER.

Le Théatre represente les Avenuës & un Palais que l'on voit dans le fonds.

La Scene commence au jour naissant.

SCENE PREMIERE.

PIRITHOUS.

TU ramenes trop tôt le jour
Impatiente Aurore;
Soleil n'éclaire point encore
Le malheur qui m'attend dans ce fatal séjour.

A

Je tremble à le prévoir & je viens pour l'apprendre,
Aimable & cher objet d'un ſouvenir trop tendre,
Hippodamie eſt-ce ſur vous
Que du Dieu Mars doit tomber le couroux?
Pirithoüs implore ta clemence,
Dieu terrible à tous les mortels,
O Mars! ſi j'oubliai d'encenſer tes Autels,
Puni moi, mais du moins épargne l'innocence.
Je vois Acmene.

SCENE II.

PIRITHOUS, ACMENE.

PIRITHOUS.

EH! bien que m'aprens-tu?

ACMENE.

Armez-vous de votre vertu.
Votre malheur n'eſt que trop veritable
Hippodamie eſt dans les fers.

PIRITHOUS.

Pour mériter un si cruel revers,
Dieu vengeur, suis-je assés coupable ?

ACMENE.

Cette fiere Hermilis qui commande aux Enfers,
Qui vous aimoit, & qui n'a pu vous plaire,
Se sert de son pouvoir fatal
Pour venger son Amour & pour servir son Frere.

PIRITHOUS.

Quoi ! le barbare Eurite . . .

ACMENE.

Il est votre rival.

PIRITHOUS.

Qu'entends-je ? O Ciel !

ACMENE.

Ce jour doit éclairer la Fête
Que pour l'Hymen d'Eurite en ce Bois on aprête.

PIRITHOUS.

Ah ! malgré le couroux des Dieux
Avant que la fête commence
Je percerai le cœur d'un rival odieux.

ACMENE.

Seigneur, abandonnez ces lieux
Vous êtes sans défence.

Votre retour vous livre à des cœurs inhumains
Qui ne respirent que la rage ;
Les efforts de votre courage
Rendront vos perils plus certains.
Attendés que Thesée . . . .

PIRITHOUS.

Il sçait que le perfide
Au mépris de la paix envahit mes Etats ,
Pour l'en punir il marche sur mes pas.

ACMENE.

Mais cependant Seigneur ! le péril est extrême.
Qui vous a fait quitter ce glorieux vainqueur
Pour venir seul ? . . . .

PIRITHOUS.

Un songe ; ah ! j'en fremis d'horreur
Il te fera fremir toi-même.

J'ai vû le redoutable Mars,
La fureur animoit sa voix & ses regards;
Tremble, m'a-t-il dit, tremble,
Mes Autels négligez
Seront vangez
Par toutes les horreurs que contre toi j'assemble.
Interdit, tremblant, allarmé,
J'ai fait de vains efforts pour calmer sa colere;
Mon repentir sincere
Ne l'a point désarmé.
Pour redoubler mes mortelles allarmes
Je vois Hippodamie aux fers.
Le Dieu s'envole au bruit des armes;
La terreur, les cris, les larmes
L'accompagnent dans les airs.

ACMENE.

A voir changer le sort vous devez vous attendre:
Thelée en ce moment va peut-être arriver.

PIRITHOUS.

Mais si l'Hymen va s'achever?

ACMENE.

Pour l'empêcher, Seigneur, que faut-il entreprendre?

PIRITHOUS.

Ami, mon sort te fais pitié;
Je suis sensible à l'amitié
Qui te fais avec moi braver le précipice.

O Mars ! si jadis dans l'Arisse
Je ne t'offris pas de l'encens,
Helas ! reçois pour sacrifice
Toutes les peines que je sens.

ACMENE.

Déja votre ennemi s'avance.
Si vous voulez renverser ses projets,
Seigneur, pour un moment faites vous violence,
Retirons-nous sous ce feüillage épais.
Ils sortent.

SCENE III.

EURITE, HERMILIS.

EURITE.

ENfin la Thessalie est soumise à mes loix,
Tout cede à mon pouvoir suprême;
Je suis le plus heureux des Rois
Si l'hymen en ce jour m'unit à ce que j'aime.

HERMILIS.

Le ſpectacle m'en ſera doux.
Vous poſſederez ma rivale,
Et ſa beauté que rien n'égale
La rend auſſi digne de vous
Qu'elle eſt digne de mon couroux.

Vous avez ſur moi l'avantage
De poſſeder l'objet dont vous êtes charmé;
Ah! puiſſiez-vous en être aimé
Au gré de ma jalouſe rage.

EURITE.

Aimé ! non, ma fidelle ardeur
Ne peut triompher de ſa haine.

HERMILIS.

A cette haine, oppoſez la rigueur.
Forcez, forcez le penchant qui l'entraîne.
Qu'importe que l'amour, ou l'hymen vous enchaîne;
Soyez heureux aux dépens de ſon cœur.

EURITE.

On veut être aimé quand on aime,
Un cœur tendre veut du retour
Quel tourment, quelle peine extrême
De devoir au pouvoir ſuprême
Un bien qu'on attend de l'amour !

SCENE IV.

EURITE, HERMILIS, HIPPODAMIE, *Troupe de Centaures, Troupe de Lapithes enchaînés.*

EURITE à HIPPODAMIE.

PRinceſſe, ce n'eſt point un ſuperbe vainqueur,
Qui veut vous éblouïr par l'offre d'un Empire;
C'eſt un tendre Amant qui n'aſpire
Qu'au ſenſible plaiſir de toucher votre cœur.
Briſez les fers dont la victoire
Enchaîne dans ces lieux des peuples malheureux;
Regnez ſur moi, regnez ſur eux;
Faites mon bonheur & leur gloire.

Aux Centaures.

Vous qui ſuivrez bien-tôt les loix
Du digne objet dont j'ai fait choix,
Chantés l'hymen, celebrés ma conquête.

Centaures, uniſſés vos voix,
Et que tout parle dans ces bois
Des plaiſirs que l'amour m'aprête.

HIPODAMIE.

HIPPODAMIE *à part.*

Quel ſupplice ! ô Dieux ! quelle fête !

Chœur de Centaures.

Que nos chants rempliſſent les airs,
Dans le fonds des forêts que nos ſons ſe répandent ;
Que nos voix juſqu'aux Cieux s'étendent :
Echo, répetés nos Concerts,
Que les Dieux des Bois les entendent.

On danſe.

Deux Centaures.

Du Dieu d'amour dans nos bois
Nous reconnoiſſons l'empire,
Sans languir on y ſoupire,
Nous adouciſſons ſes loix.
Des inquiettes allarmes
Nous ignorons les douceurs ;
Mais nous connoiſſons les charmes
Des mutuelles ardeurs ;
Et ce ſont les ſeules armes
Qui triomphent de nos cœurs.

On danſe.

EURITE à HIPPODAMIE.

Tout est prêt il est tems que l'amour nous unisse;
Venés sur cet Autel me donner votre foi

HIPPODAMIE.

Le puis-je ? helas! sans injustice ?
Vous sçavez à qui je la doi.

EURITE.

Sans vous parler de ma puissance,
Princesse, mon amour vous fait une autre loi.

HIPPODAMIE.

J'ai toujours été libre, au moins dispensés-moi
D'une si prompte obéïssance.

EURITE.

Je vous aime & je suis Roi.
Approchons de l'Autel.

SCENE V.

PIRITHOUS, *& les Acteurs de la Scene précedente.*

PIRITHOUS.

ARrête.

EURITE.

Ciel ! c'est Pirithous.

HERMILIS.

O Dieux !

PIRITHOUS *à* EURITE.

Quel insolent triomphe ici blesse mes yeux
Quelle est cette odieuse fête,
Qui t'a rendu maître en ces lieux ?

EURITE.

L'ignore tu ? c'est la victoire
C'est elle qui me rend maître de tes Etats.
Qui met en mon pouvoir, cet objet plein d'appas.
Regarde ma conquête, & juge de ma gloire.

PIRITHOUS.

Non, la gloire n'eſt point le prix
De la trahiſon la plus noire.

EURITE.

Un vain couroux, eſt digne de mépris.
Si je te conſerve la vie
C'eſt pour te rendre encor plus malheureux.
Hippodamie au gré de mon envie
En ce jour, à tes yeux, va couronner mes feux.

HIPPODAMIE à EURITE.

Cruel, n'eſperés pas ébranler ma conſtance.
Je vous le dis encor, j'aime Pirithous,
Et ce n'eſt point à ſa préſence
Que vous devés imputer mes refus.

EURITE.

Eh bien, il ſera donc l'objet de ma vangeance.

Aux Centaures.

Renfermés ces Captifs.

HIPPODAMIE.

Helas!

PIRITHOUS.

Je ne vous abandonne pas.

HIPPODAMIE.

Ciel! j'implore ta défenſe.
Pirithous, prenez ſoin de vos jours.

PIRITHOUS.

Ah! je vole à votre ſecours.

EURITE.

Qu'on puniſſe à l'inſtant cette audace inſolente.

Les Centaures l'environnent.

Qu'on le perce de mille coups.

HERMILIS.

Pour l'arracher à ce fatal couroux,
Démons, rempliſſés mon attente.

Un nuage dérobe Pirithous à la fureur des Centaures.

SCENE VI.

EURITE, HERMILIS.

Les Centaures retirés.

EURITE.

AH ! perfide Hermilis, trahirés-vous toujours
L'eſpoir de ma vangeance ?
Lorſque je puis trancher les jours
D'un rival que le ſort a mis en ma puiſſance
Votre cœur vole à ſon ſecours.

HERMILIS.

Ah ! ſi je ſuis ſenſible aux peines qu'il endure
C'eſt pour mieux ſervir votre ardeur.
D'un amour outragé diſſimulons l'injure,
Eſſayons en ce jour ce que peut la douceur ;
C'eſt ſouvent pour aller au cœur
La route la plus ſûre.

EURITE.

Rien d'un fatal amour ne peut le dégager,
Il dédaigne vos feux, il oſe m'outrager,
Et vous l'aimés ! ô, Dieux quelle foibleſſe !
Vous frémiſſés du péril qui le preſſe.

HERMILIS.

Non, je ne tremble point de le voir en danger,
Mais ma pitié combat encor ma rage.
Helas! je crains qu'il ne m'outrage
Plus qu'il ne faut pour m'obliger
A le perdre pour m'en vanger.
Cependant pour fléchir ce ſuperbe courage,
Par les plus tendres ſoins je veux le prévenir.
Ma haine, mon amour, mettront tout en uſage,
Si je ne puis rien obtenir
Qu'il périſſe, c'eſt ſon ouvrage.

EURITE.

Pourquoi differer davantage?
Vangeons-nous, vangeons-nous, nous ſommes outragés.

EURITE & HERMILIS, *enſemble.*

Il faut que la rigueur accable
Des cœurs qu'on a trop ménagés,
Haine, dépit, fureur inexorable,
Servés l'amour, ou le vangés.

Fin du premier Acte.

ACTE SECOND.

Le Théâtre change, & repreſente des Jardins enchantés par l'art d'Hermilis.

SCENE PREMIERE.

PIRITHOUS, HERMILIS.

PIRITHOUS.

Hermilis m'offre ſon ſecours
Et cependant je ſuis ſans armes !

HERMILIS.

Baniſſés ces vaines allarmes,
Je vous protegerai toujours.
Helas ! comment pouvés vous croire
Que j'expoſe jamais vos jours ?

PIRITHOUS.

PIRITHOUS.

S'ils vous ſont chers ces jours prenés ſoin de ma gloire.

Votre pouvoir trop dangereux
Enchaîne en ces lieux mon courage.
Par un mouvement genereux
Faites ceſſer mon eſclavage.

HERMILIS.

Ingrat, fais donc ceſſer l'amour que j'ai pour toi.

Moi-même je ſuis dans tes chaînes,
Et je reſſens les mêmes peines
Que je te cauſe malgré moi.

Ah ! ſi la liberté t'eſt chere,
Di-moi ſeulement que j'eſpere.
Je te rends libre ſur ta foi.

PIRITHOUS.

Helas !

HERMILIS.

A ce ſoupir n'ai-je rien à prétendre ?
D'un langage ſi tendre
Ne puis-je me flater ?

PIRITHOUS.

Je ne veux point vous irriter.
Malgré moi mon trouble s'exprime;
A mon cœur allarmé ne faites point un crime
D'un amour malheureux qu'il ne peut surmonter.

HERMILIS.

Si je perd l'espoir de vous plaire,
Pirithous, je puis trop vous haïr:
Ne méprisés point ma colere.

PIRITHOUS.

Je la mériterois si j'osois vous trahir.

HIPPODAMIE.

Eh bien, cesse de le contraindre;
Triomphe, méprise mes vœux;
Aux yeux de ton rival fais éclater tes feux,
Ou plûtôt songe à les éteindre.

Tremble pour ma Rivale elle est en mon pouvoir:
Tremble pour toi; vous avés tout à craindre
D'un jaloux désespoir.

Fureur, viens regner dans mon ame.
Je n'attens plus rien de l'amour.
Vaine pitié fuyez, cedés à votre tour
A la colere qui m'enflâme.

L'objet de ton amour va paroître en ces lieux.
Profite, ingrat, du moment précieux
Que ma foiblesse encor te laisse,
Si tu ne veux voir ta Princesse
Expirer à tes yeux.
Rends-là sensible aux soins d'un rival furieux;
Qu'elle couronne sa tendresse?

Elle sort.

SCENE II.

PIRITHOUS *seul.*

PRince trop malheureux helas! quel est ton sort!
Victime d'un pouvoir barbare
De tous les maux qu'on te prépare
Le plus cruel n'est pas la mort.

Le plaisir d'être aimé d'un objet plein de charmes
Fait toute ma felicité.
Quel sera mon malheur si sa fidelité
Devient la source de mes larmes?

SCENE III.

PIRITHOUS, HIPPODAMIE.

PIRITHOUS.

QUel changement !

HIPPODAMIE.

Ciel ! quel affreux revers !
Prince trop malheureux !

PIRITHOUS.

O fortune ennemie !
Quoi, c'eſt donc vous Hippodamie !
Au ſein de mes Etats je vous vois dans les fers.

HIPPODAMIE.

Ah ! dans l'excès de ma tendreſſe
Tous mes malheurs me ſeroient chers
S'ils pouvoient vous ſauver du péril qui vous preſſe.

Mais quel fatal deſtin conduit ici vos pas ?
Y venés-vous chercher une mort trop certaine?

Quand j'étois seule en ces climats,
Du Tyran furieux, de sa Sœur inhumaine,
Je bravois l'amour & la haine,
Et j'aurois sans trembler affronté le trépas.
Votre retour me livre aux plus vives allarmes ;
Helàs ! mes soupirs, & mes larmes
Ne feront que hâter les coups
Que l'amour outragé portera contre vous.

PIRITHOUS.

Je ne merite pas une si tendre crainte ;
Des maux que vous souffrés je suis l'unique auteur,
Et c'est en vous portant une mortelle atteinte
Que me poursuit un Dieu vangeur.

HIPPODAMIE.

Laisse-toi fléchir, Dieu terrible,
Sois touché de nos pleurs, écoute nos regrets ;
Mais si ton couroux invincible
A nos malheurs est insensible,
Epuise sur moi tous les traits.

PIRITHOUS.

Tombe sur moi seul sa vengeance.
Quoi ! je perdois en même jour
Ma liberté, ma gloire, ma puissance,
Et le flâteur espoir que me donna l'amour ?

HIPPODAMIE.

Je puis être l'objet d'une rigueur extrême,
Mais il ne dépend pas du ſort
Que je renonce à ce que j'aime;
Juſques dans les bras de la mort
Mon cœur ſera le même.

Enſemble.

Rien ne peut éteindre mes feux.
De nos fiers ennemis l'impitoyable haine
Loin de briſer ma chaine
En ſerre encor plus fortement les nœuds.

Le Théatre s'obſcurcit.

Enſemble.

Mais quelle vapeur ſoudaine
Vous dérobe à mes yeux?
Nous abandonnez-vous grands Dieux?

HIPPODAMIE.

Pirithous!

PIRITHOUS.

Hippodamie!

Ensemble.

Ah! d'une implacable ennemie
Je reconnois le funeste pouvoir.

HIPPODAMIE.

Pirithous!

PIRITHOUS.

Hippodamie!

Ensemble.

Barbares ôtes-nous la vie
Puisque vous nous ôtés le plaisir de nous voir.
Je me sens arrêter par d'invisibles chaînes.
O mort! viens terminer nos peines.

Ils tombent ici enchantés & assoupis sur deux lits de gazon.

SCENE IV.

HERMILIS, EURITE, PIRITHOUS, HIPPODAMIE.

Le Théatre devient éclairé.

HERMILIS *à* EURITE.

APprochons, voyons ces Amans,
C'eſt par le pouvoir de mes charmes
Qu'ils paroiſſent joüir de ces heureux momens
Où le ſommeil ſuſpend les plus vives allarmes.
Qu'ils ſont loin de goûter des plaiſirs ſi charmans!
Dans mes trompeurs enchantemens
Je leur fais voir le péril qui les preſſe,
Et leur mutuelle tendreſſe
Eſt la ſource de leurs tourmens.

EURITE.

Qu'à leur deſtin je porte envie!
Ils s'aiment, ils ſont trop heureux.
La noire & triſte jalouſie
Nous tourmente & ſerre leurs nœuds.
Ah! pour nous quel ſupplice affreux!
Qu'à leur deſtin je porte envie!
Ils s'aiment, ils ſont trop heureux.

HERMILIS.

HERMILIS.

Eſprits ſoumis à ma puiſſance
Raſſemblés-vous, ſuivés mes loix.
Des ſonges inquiets prenés la reſſemblance;
Volés troupe legere, accourés à ma voix.

SCENE V.

Les Démons ſous la forme des Songes.

Les Acteurs de la Scene précedente.

HERMILIS *aux Démons.*

D'Un trait fatal, l'Amour nous bleſſe,
Et nous bleſſe pour des ingrats.
Une ſi honteuſe foibleſſe
A pour nous encor des appas.

Qu'à ces Amans votre pouvoir inſpire
Le deſir de briſer leurs nœuds.
Mon cœur en ce moment ſoupire,
Helas! c'eſt aſſés vous inſtruire
De tout ce que je veux.

CHOEUR.

Que de regrets, de plaintes & d'allarmes
Suivent les constantes amours!
Quel tourment! quelle erreur! de passer ses beaux jours
Dans les soupirs, & dans les larmes.

On danse.

Deux songes.

Que les nœuds d'amour sont charmans
Quand nul obstacle ne les gêne.
Le doux charme qui nous entraîne
Occupe seul tous nos moments.
Mais l'on se lasse d'une chaîne
Qui ne cause que des tourments.

On danse.

Deux autres songes.

Le péril qui vous environne
N'a rien qui vous étonne,
Votre grand cœur n'en est point allarmé.
Mais le plus fier courage est enfin désarmé
Lorsque l'amour jaloux ordonne
De craindre pour l'objet aimé.

On danse.

HERMILIS.

Esprits qui m'obéïssés
Laissés-nous seuls, disparoissés.

Les Songes se retirent.

Hermilis touche de sa Baguette Pirithoüs & Hippodamie.

PIRITHOUS, HIPPODAMIE.
Ensemble.

Ah ! quel pouvoir m'arrache à ce sommeil terrible ?
Où suis-je ? ô Ciel ! mais c'est vous que je voi !
Qui s'interesse à notre sort ?

HERMILIS.

C'est moi.

PIRITHOUS.

Genereuse Hermilis, si vous êtes sensible...

HERMILIS.

Je ne le suis que trop, ingrat, en doutez-vous ?
Pour terminer vos maux, pour finir votre peine,
Tout vous dit qu'il faut rompre une fatale chaîne.
Vous vous troublés, je sens rallumer mon couroux,
Craignez d'être l'objet d'une rage inhumaine.

EURITE à HIPPODAMIE.

Rendés la paix à ces climats,
Soyés ſenſible à l'ardeur qui me preſſe.
Si d'un Prince captif le ſort vous intereſſe
Vous pouvés d'un ſeul mot lui rendre ſes Etats,
Vous êtes de ſon ſort ſouveraine Maîtreſſe.

Sur votre cœur faites un noble effort.
Ceſſés de refuſer un hommage ſincere,
Ou redoutés le funeſte tranſport
D'un Amant qui peut tout & que l'on deſeſpere.

PIRITHOUS, HIPPODAMIE.
enſemble.

Non, je ne puis briſer des nœuds ſi doux.
Quoi, vous pourriés briſer des nœuds ſi doux!
Ils m'attachent ſeuls à la vie:
Ah! que plûtôt cent fois elle me ſoit ravie;
Je ne veux vivre ou mourir que pour vous.

HERMILIS.

C'en eſt trop, la fureur s'empare de mon ame;
Puiſque mes ſoins ſont ſuperflus,
Ceſſe de me parler, je ne t'écoute plus,
Cruel amour, je cede au tranſport qui m'enflâme.

Chœur derriere le Théâtre.

CHOEUR.

Heros, favorisé des Cieux,
Hâtés-vous, venés nous défendre.

HERMILIS. EURITE.

Quel bruit! quels cris séditieux!

CHOEUR.

Vangés-nous, triomphés d'un Tyran odieux,
Thesée, accourés nous défendre.

PIRITHOUS. HERMILIS. EURITE. HIPPODAMIE.

Ensemble.

O Ciel! Thesée est en ces lieux.

HERMILIS.

Protegé par Minerve, il pense nous surprendre:
Maisle fût-il encor de tous les autres Dieux,
Perfides, vous mourrés; il ne sçauroit vour rendre,
La liberté, quevo us osés prétendre.

CHOEUR.

Heros, favorisé des Cieux,
Hâtés-vous, venés nous défendre.

HERMILIS.

Il approche, & je dois me cacher à ses yeux;
Pour punir, cet audacieux:

Juſqu'au fond des Enfers je vai me faire entendre:
Vous êtes Roi, Seigneur, & Roi victorieux,
C'eſt à vous ici de l'attendre.

SCENE VI.

THESE'E, HIPPODAMIE, PIRITHOUS, EURITE.

Troupe de Theſſaliens, Troupe d'Atheniens de la ſuite de Theſée.

THESE'E *à* EURITE.

EH! quoi, malgré la foi promiſe,
Par une coupable entrepriſe,
Vous portés en ces Lieux le trouble & la terreur,
Sans craindre que Theſée arme ſon bras vangeur?

EURITE.

Un Roi ne craint que le Tonnerre:
Soit qu'il faſſe la Guerre,
Ou qu'il donne la Paix,
Il ne doit qu'à lui ſeul, compte de ſes Projets.

THESE'E.

Vous êtes Roi, mais vous êtes parjure.
Eurite, croit-il que j'endure,

Qu'il regne en Thessalie, en Tyran furieux?
Avec Pirithous je partage l'injure,
Je vangerai le Lapithe & les Dieux.

EURITE.

A ces Dieux je vais rendre hommage:
Ils ont ramené dans ces lieux
Un Ennemi digne de mon courage.

Il sort.

HIPPODAMIE.

Renverse, ô Ciel! ces Projets odieux.

PIRITHOUS à THESE'E.

Je n'ai jamais douté de l'amitié sincere
Qui vous a fait hâter votre retour;
Mais, Seigneur, qui peut en ce jour
Suspendre les effets d'une juste colere?
Les Monstres, les Tyrans doivent sentir nos coups:
Du soin de leur faire la Guerre,
Les Dieux se réposent sur nous.
Achevons, achevons d'en délivrer la Terre.

THESE'E.

Moderés cet ardent couroux:
Minerve a pris soin elle-même

De me conduire dans ces Lieux,
Avec tout son éclat se montrant à mes yeux,
Elle m'a du destin appris la Loi suprême.

Pour arracher Pirithous
Au triste sort qui le menace,
Si tu ne peux calmer le fier Dieu de la Thrace,
Tes efforts seront superflus.

HIPPODAMIE.

Pour nous rendre ce Dieu propice,
Joignons nos vœux, unissons-nous;
Allons sur ses Autels offrir un sacrifice.
Puisse-t-il calmer son couroux.

THESE'E, HIPPODAMIE, PIRITHOUS.

Allons sur ses Autels offrir un sacrifice.
Puisse-t-il calmer son couroux.

Fin du second Acte.

ACTE TROISIÉME.

Le Theatre represente le Temple de Mars, le Sanctuaire en est fermé.

SCENE PREMIERE.

EURITE *seul.*

TErrible Dieu qu'en ce Temple on adore
Toi, par qui tant de fois je fus victorieux,
Mars! C'est Eurite qui t'implore,
Fais tomber sous mes coups un Rival odieux.

Confonds un Roi qui le protege,
Vange les droits des Immortels,
Refuse l'Encens sacrilege
Qu'on vient t'offrir sur tes Autels.

Je servirai ton couroux legitime,
J'y cours, seconde mes efforts,
Ah ! dans l'excés de mes justes transports,
O Mars ! ne me fais point un crime,
Si j'immole à tes yeux ta coupable victime.

Triomphe du mépris qu'on fait de mon ardeur.
Trop indigne Rival ; joüis de mes allarmes,
Mais crains ma jalouse fureur.
Ici tout est soumis au pouvoir de mes armes,
Bientôt le carnage & l'horreur
Te livreront du moins à d'éternelles larmes,
Si je ne puis percer ton cœur.

Que l'impitoyable Bellone
Renouvelle en ces lieux ses ravages affreux.
Qu'elle fasse des malheureux,
L'amour au desespoir l'ordonne.

Il sort.

SCENE II.

PIRITHOUS, HIPPODAMIE.

PIRITHOUS.

LE Ciel sera favorable à nos vœux,
Et l'innocence de nos feux
Doit calmer sa colere :
Je puis sans être temeraire,
Me flatter que d'aimables nœuds
Nous rendront l'un & l'autre heureux.

HIPPODAMIE.

Mon cœur malgré moi se refuse
A cet espoir si doux ;
Si cet espoir vous-même vous abuse,
Cher Prince, que deviendrons-nous ?

PIRITHOUS.

Nous sommes sortis d'esclavage,
Non, rien ne peut nous séparer.
Ma tendresse pour vous, Thesée, & mon courage
Tout en ce jour nous permet d'esperer

HIPPODAMIE.

Quoi ! Je pourrois vous voir ſans ceſſe ?
Rien ne troubleroit nos amours ?

PIRITHOUS.

Il eſt tems que notre tendreſſe
Faſſe le bonheur de nos jours.

HIPPODAMIE.

Quoi ! Nos malheurs...

PIRITHOUS.

Perdez-en la mémoire.

HIPPODAMIE.

Helas ! mon tendre cœur ne peut ſe raſſurer.

PIRITHOUS.

Lorſqu'en ce jour tout ſemble conſpirer
A couronner mes feux & rétablir ma gloire,
Vous combattez l'eſpoir dont mon cœur eſt charmé.

HIPPODAMIE.

Ah ! ſi vous êtiez moins aimé,
J'aurois moins de peine à vous croire.

PIRITHOUS.

Ceſſez de répandre des pleurs.

HIPPODAMIE.

Le puis-je, helas ! ma Rivale est cruelle,
Et vous m'êtes toujours fidelle.

PIRITHOUS.

Ne redoutez plus ses fureurs.
Vous la verrez périr victime de sa rage.

HIPPODAMIE.

Helas ! Je crains encor la colere des Dieux.

PIRITHOUS.

Pour se joindre à nos vœux & leur rendre un hommage,
Thesée avance dans ces lieux.

SCENE III.

THESE'E, HIPPODAMIE, PIRITHOUS,
Troupe de Lapithes, Troupes d'Atheniens portant des Drapeaux & des Trophées.

THESE'E.

TOi ! qui d'un seul de tes regards
Renverse les remparts
O Mars !

Reçois ces armes, & ces dards,
Reçois ces ſanglants Etendards,
Nous les tenons de la Victoire,
Nous les conſacrons à ta gloire.

LE CHOEUR *repete.*

Toi qui d'un ſeul de tes regards
Renverſe les remparts,
O Mars!
Reçois ces armes, & ces dards,
Reçois ces ſanglants Etendards,
Nous les tenons de la Victoire,
Nous les conſacrons à ta gloire.

THESE'E.

Chantons la puiſſance
Du Dieu des Guerriers;
Ce Dieu ſeul diſpenſe
D'immortels Lauriers.

On danſe.

LE CHOEUR.

Chantons la puiſſance
Du Dieu des Guerriers;
Ce Dieu ſeul diſpenſe
D'immortels Lauriers.

On danſe.

Ici le Sanctuaire du Temple s'ouvre, le Grand Prêtre paroît.

PIRITHOUS, *au Grand Prêtre.*

Ministre reveré de ce Dieu redoutable,
Que la victoire accompagne toujours.
Un Roi malheureux & coupable,
Pour appaiser ce Dieu, demande ton secours.

Si tu ne peux calmer le couroux qui l'anime,
S'il n'écoute point mes regrets,
Obtiens de sa bonté, que pour laver mon crime;
Je sois son unique victime,
Et qu'il épargne mes Sujets.

LE GRAND PRESTRE.

Dieu puissant reçoi nôtre offrande,
De ce Prince exauce les Voeux;
A cet Empire malheureux
Accorde la Paix qu'il demande.

Bruit dans le Temple.

Qu'entends-je! ô Ciel! quel bruit affreux!

LE GRAND PRESTRE *continuë.*

Qui vient troubler nos augustes Mysteres?
Qui sont ces temeraires?
Dieu terrible, punis ces Projets criminels.

Ici Eurite paroît, suivi des Centaures armés

Ose-tu venir dans ce Temple,
Faire la Guerre à nos Autels?
Roi trop audacieux, crains de servir d'exemple,
Aux prophanes mortels.

EURITE *étonné.*

Qui peut suspendre ma vangeance?
D'où me vient ce soudain effroi?
Quelle est la secrete puissance,
Qui porte la terreur jusqu'en l'ame d'un Roi?

LE GRAND PRESTRE.

Reconnois le pouvoir Celeste,
Et redoute un destin funeste.
Mais je sens sous mes pas le Temple s'ébranler:

Ces Voutes s'obscurcissent:
Les Feux sacrés pâlissent:
L'Oracle va parler;
Que tous les cœurs fremissent.

ORACLE.

Au pied du Mont Othris qu'on prépare un Festin;
Qu'en liberté les deux Peuples s'y rendent:
Sur l'Hymen où leurs Rois prétendent,
Ce jour va declarer les Decrets du destin.
Peuples ce jour finira vos allarmes,
La Paix va succeder au tumulte des Armes.

LE

LE GRAND PRESTRE.

A ces suprêmes Loix
Obéissez Peuples & Rois.

Le Grand-Prêtre rentre. Thesée, Pirithoüs, Hippodamie, les Lapithes.

Les Atheniens se retirent. Eurite reste avec les Centaures.

SCENE IV.

EURITE.

Quel oracle a troublé mon ame?
Que veulent-ils de moi, ces Dieux?
Veulent-ils traverser ma flâme?

SCENE V.

EURITE, HERMILIS.

HERMILIS.

QUe faites-vous encor dans ces funestes lieux.

EURITE.

Helas !

HERMILIS.

Vous soupirez, eh ! quoi le fier Eurite
Par un Oracle vain peut se laisser troubler ?

EURITE.

Un noir pressentiment m'agite.

HERMILIS.

Ce n'est point à vous à trembler.
J'ai des secours certains pour vanger notre injure,
Et punir votre heureux Rival.
Suivez-moi, ce festin lui deviendra fatal.
C'est Hermilis qui vous le jure.

Fin du troisiéme Acte.

ACTE QUATRIÉME.

Le Théatre, represente un Antre magique.

SCENE PREMIERE.

HERMILIS.

QUe viens-je faire dans ces lieux !
Pour faire éclater ma vengeance,
N'y viens-je pas armer l'Enfer contre les Cieux ?
Je le dois... Je le veux... Cependant je balance,
Et mon cœur tendre & furieux,
De ce qu'i projette s'offence.

Foible couroux quelle eſt ton impuiſſance,
Quand tu combats l'amour, quand tu veux l'immoler
Je ſoupire, & je ſens que mes pleurs vont couler.
Mais quelle eſt ma foibleſſe extrême?
Pirithoüs me hait, plein d'un eſpoir flateur.
Il voit Hippodamie... Il l'adore... Elle l'aime,
O ſouvenir fatal! O mortelle douleur?

Cette douleur ſe change en rage,
Je ne veux plus que me vanger;
La fureur vient me dégager
D'un honteux eſclavage.
Je ſens renaître mon courage.
Periſſe qui m'oſe outrager.

SCENE II.

EURITE, HERMILIS.

HERMILIS.

DAns cet Antre interdit aux profanes humains,
J'implore le ſecours du tenebreux Empire:

Pour favoriser nos desseins,
Il faut qu'avec nous il conspire.

L'Enfer va nous prêter d'inévitables traits,
Je sçaurai l'y forcer, Hecate m'en assure;
Que l'espoir de vanger une mortelle injure
A de charmans attraits!

EURITE.

Répondez à mon attente,
N'écoutez plus que la fureur;
Ma colere impatiente,
Murmure de votre lenteur.

HERMILIS.

Votre haine est-elle affermie?
Pourrez-vous voir Hippodamie,
Exposée à perir.

EURITE.

Ah! que me dites-vous!

HERMILIS.

Pour servir nos transports jaloux
Je puis déchaîner les Furies.
Mais mon art ne sçauroit borner leur barbaries,
Elles peuvent aller plus loin que je ne veux.

Mon ingrat doit perir, peut-être la Princesse....
Vous fremissez, ah! l'amour malheureux
Doit-il avoir tant de foiblesse?

EURITE.

Prêt à perdre l'objet dont je fus enchanté
Puis-je être sans inquietude?
Ah! si je me souviens de son ingratitude
Je me souviens encor de sa beauté.

HERMILIS.

Une odieuse préférence
Doit briser un fatal lien,
Sur votre cœur est-elle sans puissance
Quand elle peut tout sur le mien?

Vous qui sçavez obscurcir la lumiere
Du Dieu brillant qui nous éclaire,
Vous qui faites gronder la foudre dans les airs;
Vous qui pouvez aller jusqu'au fond des Enfers
Rompre les chaînes de Cerbere,
Votre secours m'est nécessaire
Volez, venez à moi du bout de l'Univers.

SCENE III.

Les Magiciens arrivants de toutes parts.

HERMILIS, EURITE.

CHOEUR.

TA voix redoutable
Nous rassemble tous.
Que veux-tu de nous ?
Si quelque coupable
Arme ton couroux,
Qu'il craigne nos coups
Qu'il soit ta victime.
Que son cœur percé,
Que son sang versé,
Punisse son crime :
Tout doit conspirer
Pour te satisfaire,
L'Enfer pour te plaire
Contre un téméraire
Va se déclarer.
Dis-nous ton offence

Et de ta vengeance
Tu peux t'assurer.

On danse.

HERMILIS.

J'aime Pirithoüs, & son mépris m'outrage;
Je veux qu'il perisse en ce jour,
Et que l'objet de son amour;
De ce Prince soit le partage.

Montrant Eurite.

Invoquez l'Enfer, hâtez-vous,
Joignez-vous à ma voix pour servir mon courroux.

LE CHOEUR *repete.*

Invoquons l'Enfer, hâtons-nous.
Joignons-nous à sa voix pour servir son couroux.

HERMILIS.

Divinitez de l'Acheron;
Secondez nôtre ardent courage:
Que Tisiphone, Erinnis, Alecton,
Au Lapithe étonné fassent sentir leur rage,
Qu'elles fassent sifler leurs serpents furieux;
Que dans le Festin qu'on prépare,
La mort barbare

Dérobe

Dérobe tout un peuple à la clarté des Cieux,
Qu'en vain il implore les Dieux.

LE CHOEUR *Repete.*

Divinitez de l'Acheron,
Secondez notre ardent courage.
Que Tisiphone, Erinnis, Alecton,
Au Lapithe étonné fassent sentir leur rage,
Qu'elles fassent sifler leurs Serpents furieux.
Que dans le festin qu'on prépare,
La mort barbare
Dérobe tout un peuple à la clarté des Cieux,
Qu'en vain il implore les Dieux.

Bruit souterain.

HERMILIS.

Ce bruit affreux nous fait connoître
Qu'on nous entend aux Enfers.
Ses abîmes sont ouverts,
Les noires Déïtez à nos yeux vont paroître.

Ici la Discorde suivie des trois Furies sort des Enfers.

LA DISCORDE *à Hermilis.*

Tu n'as pas vainement recours
Au tenebreux rivage,

Eſpere tout de ſon ſecours,
La Diſcorde t'apprend qu'il reçoit ton hommage.

EURITE, HERMILIS, LA DISCORDE.

Lancez vos } nos traits enflâmez,
Lançons }

Portez par tout } le ravage.
Portons }

Faiſons triompher la rage
Dont nos cœurs ſont animez.

LA DISCORDE.

Au feſtin ordonné par le Dieu de la Thrace,
Je tiendrai la premiere place.
Je troublerai tous les eſprits.
Du Centaure ſauvage,
Je redoublerai le courage.
Le Lapithe entouré, ſurpris,
Tombera ſous des coups terribles.
Les Eumenides inviſibles,
Porteront par tout la terreur.

à Eurite.

Dans ce combat rempli d'horreur;
Ou par le fer, ou par la flâme

La mort exercera ſa barbare fureur
En impitoyable vainqueur.
Saiſis-toi de l'objet qui regne dans ton ame.

EURITE. HERMILIS. LA DISCORDE.

Lancés vos } nos traits enflâmés
Lançons }

Portés par tout } le ravage
Portons }

Faiſons triompher la rage
Dont nos cœurs ſont animés.

La Diſcorde ſort.

EURITE. HERMILIS.

Rendons graces aux ſombres bords,
Ils prennent ſoin de notre gloire.
A leurs invincibles efforts
Nous allons devoir la victoire.

CHOEUR.

Rendons graces aux ſombres bords,
Ils prennent ſoin de notre gloire.
A leurs invincibles efforts
Nous allons devoir la victoire.

Fin du quatriéme Acte.

ACTE CINQUIE'ME.

Le Theatre represente une belle Campagne avec des Hameaux, & le Mont-Othris dans l'éloignement.

SCENE PREMIERE.

HIPPODAMIE.

REvenés aimable esperance,
Effacés de mon cœur un triste souvenir:
Le Ciel embrasse ma deffence,

Et je puis me flater d'un heureux avenir. . . .

Fuyez tristes ennuis, laissez en paix ma flâme,
L'espoir vient regner dans mon ame.

Le devoir, la gloire, & l'amour,
Tout me rend cher le Heros que j'adore:
Les maux que j'ai soufferts jusqu'à ce jour
Me le rendent plus cher encore.

J'aime, je suis aimée, & je touche au moment
Qui rend mon sort digne d'envie.
C'est le seul instant de ma vie
Où j'ai goûté sans trouble un plaisir si charmant.

Fuyés tristes ennuis, laissez en paix ma flâme.
L'espoir vient regner dans mon ame.

Symphonie champêtre.

Les Bergers des prochains Hameaux,
Chantent déja la paix au son de leurs musettes;
Puissent-ils à jamais dans ces belles retraites,
Joüir du plus heureux repos.

Elle sort.

SCENE II.

Fête de Bergers.

CHOEUR.

LE Ciel annonce à nos desirs
Une tranquilité durable,
L'attente des plaisirs,
En est un veritable.

On danse.

Deux Bergers

La paix & l'innocence
Regnent dans notre cœur;
La flateuse esperance
Nourrit notre langueur.

Quand la perseverance
Couronne notre ardeur,
Une heureuse constance
Fixe notre bonheur.

On danse.

Une Bergere avec le Chœur.

Joüissons en assurance
Des plaisirs les plus parfaits;
Allons au devant des traits
Que le Dieu d'amour nous lance;
N'en craignons point les effets;
Jusques dans leur violence
Il sçait mêler des attraits.

On danse.

UNE BERGERE.

Amour! remporte la victoire,
Regne sur nous charmant vainqueur.
Tu ne peux songer à ta gloire,
Sans songer à notre bonheur.

LE CORIPHÉE.

La cruelle Hermilis s'avance,
Fuyons, évitons sa presence.

Les Bergers se retirent.

SCENE III.

HERMILIS.

VOici l'inſtant où ma fureur
Va faire ici regner l'horreur.
Crains une vangeance fatale
Trop heureuſe Rivale
Ce fer va te percer le cœur.

Quel étoit mon deſſein, eh quoi! pour ſatisfaire
Les mouvemens d'un aveugle colere
J'ai pû jurer la perte d'un heros!
Il eſt ingrat, mais je l'adore,
Son ſang n'éteindroit point le feu qui me dévore
Il ne feroit que redoubler mes maux.

Demons, prenez ſoin de ſa vie.
Pour ſervir mon juſte couroux,
Il ſuffit de livrer à mes tranſports jaloux
Ma fatale ennemie:
Quel plaiſir de la voir expirer ſous mes coups.
Que je la hais! hélas! ſans elle,

Senſible

Sensible à mon ardeur fidelle
Je verrois ce heros peut être à mes genoux,
Je ne puis être trop cruelle
Pour qui m'enleve un bien si doux.

Tu vas m'accuser de parjure,
Eurite, je le sçais, je te manque de foi ;
Mais l'amour dans mon cœur plus fort que la nature
M'en impose la Loi.

CHOEUR *qu'on entend derriere le Theatre.*

Frappons, versons un sang perfide,
Malheureux, tombez sous nos coups :
Perissez tous.
Suivons la fureur qui nous guide.

HERMILIS.

Quel bruit affreux ! ah ! je fremis d'horreur !
Mon malheur est certain quelque soit le vainqueur.

Le même Chœur.

SCENE IV.

LA DISCORDE, HERMILIS, *dans un Nuage enflâmé.*

LA DISCORDE.

J'Ai promis de te vanger.
Pirithoüs, Thesée, Hippodamie,
Courent le même danger
Et je te sers au gré de ton envie.

HERMILIS.

Implacable Divinité,
Ah ! ç'en est trop, suspend tes barbaries.

LA DISCORDE.

Avec si peu de fermeté
Doit-on implorer les Furies ?

Je méprise tes pleurs, tes soupirs ton effroi,
Je m'applaudis de ton supplice.

Que ton Frere ſuccombe, ou ton Amant périſſe
Qu'importe; je triomphe, & c'eſt aſſez pour moi.

Le même Chœur.

Ici l'on voit Hippodamie qui traverſe le Théatre enlevée par une troupe de Centaures.

HIPPODAMIE *en paſſant.*

.... Grands Dieux! ſauvez Pirithoüs.

HERMILIS.

Hélas! en ce moment peut-être il ne vit plus.
Sa tendreſſe pour ma Rivale
Le faiſoit voler ſur tes pas.
Il ne vit plus! ô douleur ſans égale!
Malheureuſe, c'eſt moi qui cauſe ſon trépas.

LA DISCORDE.

Ta douleur redouble ma rage
Pleure, gemis, je cours achever mon ouvrage.

Elle ſort.

Le même Chœur.

HERMILIS.

Que vois-je? ô Ciel!

SCENE V.

PIRITHOUS, HERMILIS.

PIRITHOUS *en entrant.*

Je viens de me vanger.
Dans le ſang d'un Tyran j'ai lavé mon offence.

HERMILIS.

Tout couvert de ſon ſang viens-tu pour m'outrager,
Verſe le mien, cruel ! acheve ta vangeance ;
Frappe. ... qui te retient ? ne puis-je t'irriter ?
Accorde à ma douleur le trépas qu'elle implore.
Mais non, pour la voir augmenter
Tu veux me laiſſer vivre encore.

PIRITHOUS.

Fuyez loin de ces lieux. Mais l'objet que j'adore
Ne s'offre point à mes regards ;
Je porte en vain les yeux de toutes parts.

HERMILIS.

Tu ne la verras point, on l'enleve à ta flâme,
Tu la perds pour jamais.

PIRITHOUS.

Qu'entends-je! quels nouveaux forfaits!
Quel trouble affreux s'empare de mon ame!
S'il en est tems encor, allons la secourir,
Courons la vanger ou périr.

SCENE VI.

THESE'E, HIPPODAMIE, HERMILIS.
Troupe de Lapithes & d'Atheniens.

THESE'E *à Pirithoüs.*

VOus n'avés plus besoin du secours de vos armes,
Tout est tranquile en ce séjour;
Recevés de mes mains l'objet de votre amour.
Joüissés à jamais d'un bonheur plein de charmes.

HIPPODAMIE & PIRITHOUS.

O jour cent fois heureux!

PIRITHOUS *à Thesée.*

Que ne devons-nous pas à vos soins genereux!

HERMILIS *à Pirithoüs.*

C'est à moi d'achever ta funeste victoire,
Barbare, voi couler mon sang avec mes pleurs.

Elle se frappe.

HIPPODAMIE.

Quel desespoir affreux !

HERMILIS.

Je meurs.

THESE'E.

Perdons de ses fureurs l'odieuse mémoire.

Le Dieu Mars n'est plus irrité,
Il vous fait triompher d'un ennemi barbare,
Sa bonté pour vous se declare,
Rien ne sçauroit troubler votre felicité.

CHOEUR.

Le Dieu Mars n'est plus irrité,
Il nous fait triompher d'un ennemi barbare;
Sa bonté pour nous se declare,
Rien ne sçauroit troubler notre felicité.

Fin du cinquiéme & dernier Acte.

APPROBATION.

J'Ai lû par l'ordre de Monseigneur le Garde des Sceaux *Pirithoüs*, Tragedie, pour le Theatre de l'Opera, & j'ai cru que cette Piece soutenuë par les agrémens de la Musique pourroit attirer les suffrages du Public. Fait à Paris ce 30. Novembre 1722.

Signé, DANCHET.

PRIVILEGE DU ROY.

LOUIS par la grace de Dieu Roi de France & de Navarre : A nos amés & feaux Conseillers les gens tenant nos Cours de Parlement, Maîtres des Requêtes ordinaires de notre Hôtel, Grand Conseil, Prevôt de Paris, Baillifs, Senechaux, leurs Lieutenans Civils, & autres nos Justiciers qu'il appartiendra, Salut. Les Sieurs Besnier Avocat en Parlement, Chomat, Duchesne, & de la Val de S. Pont, Bourgeois de notre bonne ville de Paris, Nous ont fait remontrer, qu'en consequence de l'Arrêt de notre Conseil du 12. Decembre 1712. du Traité fait entre eux & les Sieurs de Francine & Dumont le 24. desd. mois & an, & de nos Lettres Patentes du 8. Janvier ensuivant, confirmatives du Traité, ils auroient acquis le Privilege de faire representer les Opera durant le tems de vingt années, à compter du 10. Aout 1712. ainsi que le Privilege de la vente des Paroles desd. Opera, lesquelles ils desireroient faire imprimer pour les donner au Public, s'il Nous plaisoit leur accorder nos Lettres de Privilege sur ce necessaires. A ces Causes desirant favorablement traiter les Exposans, attendu les charges dont l'Académie Royale de Musique se trouve oberée, & les grandes dépenses qu'il convient de faire tant pour l'impression que pour la gravûre en taille-douce des Planches dont ce Livre sera orné, Nous leur avons permis & permettons par ces Presentes de faire imprimer & graver les Paroles & la Musique de tous lesd. Opera, qui ont été ou qui seront representez par l'Académie Royale de Musique, tant separément que conjointement, en telle forme, marge, caractere, nombre de volumes & de fois que bon leur semblera, & de les faire vendre & debiter par tout notre Royaume pendant le tems de dix neuf années consecutives, à compter du jour de la date desdites Presentes Faisons défenses à toutes personnes, de quelque qualité & condition qu'elles puissent être, d'en introduire d'impression étrangere dans aucun lieu de notre obéïssance; & à tous Imprimeurs, Libraires, Graveurs, & autres, d'imprimer, faire imprimer, vendre, faire vendre, debiter, ni contrefaire lesdites impressions, planches & figures, en tout ni en partie, sans la permission expresse & par écrit desdits Sieurs Exposans, ou de ceux qui auront droit d'eux, à peine de confiscation des Exemplaires contrefaits, de six mille liv. d'amende contre chacun des contrevenans, dont un tiers à Nous, un tiers à l'Hôtel-Dieu de Paris, l'autre tiers ausdits Sieurs Exposans, & de tous dépens, dommages & interêts; à la charge que ces Presentes seront enregistrées tout au long sur le Registre de la Communauté des Imprimeurs & Libraires de Paris, & ce dans trois mois de la date d'icelles; que la gravûre & impression desdits Opera sera faite dans notre Royaume & non ailleurs, en bon papier & en beaux caracteres, conformement aux Reglemens de la Librairie, & qu'avant de les exposer en vente il en sera mis deux Exemplaires dans notre Bibliotheque publique, un dans celle de notre Château du Louvre, & l'autre dans celle de notre tres-cher & feal Chevalier Chancelier de France le Sieur Phelypeaux, Comte de Pontchartrain, Commandeur de nos Ordres, le tout à peine de nullité des Presentes, du contenu desquelles vous mandons & enjoignons de faire joüir lesd. Sieurs Exposans, ou leurs ayant cause, pleinement & paisiblement, sans souffrir qu'il leur soit fait aucun trouble ou empêchement. Voulons que la copie desdites Presentes, qui sera imprimée au commencement ou à la fin desd. Opera, soit tenuë pour dûëment signifiée, & qu'aux copies collationnées par l'un de nos amés & feaux Conseillers & Secretaires foi soit ajoûtée comme à l'Original. Commandons au premier notre Huissier ou Sergent de faire pour l'execution d'icelles tous Actes requis & necessaires, sans demander autre permission, & nonobstant Clameur de Haro, Charte Normande, & Lettres à ce contraires : Car tel est notre plaisir. Donné à Versailles le 20. jour d'Aout l'an de Grace 1713 & de notre Regne le soixante onziéme. Par le Roi en son Conseil, Signé BERNIER avec paraphe, & scellé.

Nous avons cedé à M. Ribou le present Privilege suivant le Traité fait avec lui le 17. Juillet dernier 1713. A Paris le 2. Aout 1713. Signé BESNIER

Registré sur le Registre avec la Cession, n. 3. de la Communauté des Libraires & Imprimeurs de Paris, page 648. n. 741. conformément aux Reglemens, & notamment à l'Arrêt du 3. Aoüt 1703. Fait à Paris le 13. Septembre 1713. L. JOSSE, Syndic.

A PARIS, De l'Imprimerie de J. B. LAMESLE, ruë des Noyers. 1713.

CATALOGUE

DES LIVRES NOUVEAUX qui se vendent à Paris chez la Veuve de PIERRE RIBOU, seul Libraire de l'Académie Royale de Musique, Quay des Augustins, vis-à-vis la descente du Pont-Neuf, à l'Image S. Loüis, Nov. 1722.

LES glorieuses Conquêtes de Loüis le Grand, Roi de France & de Navarre, où sont représentées les Cartes, Profils, Plans des Villes avec leurs attaques, conquises par sa Majesté, tant en Catalogne, Roussillon, Lorraine, cours du Rhin, que dans les dix-sept Provinces des Pays-Bas, dédiées au Roi. *Par le Chevalier de Beaulieu, Chevalier de l'Ordre du Roi, Ingenieur, & Maréchal des Camps & Armées de sa Majesté*, 4. vol. in 4°. 40. liv.

Dictionnaire pratique du bon Menager de Campagne & de Ville, qui apprend generalement la maniere de nourrir, élever & gouverner, tant en santé que malades, toutes sortes de Bestiaux, Chevaux & Volailles; de sçavoir mettre à son profit, tout ce qui provient de l'Agriculture, de faire valoir toutes sortes de Terres, Prez, Vignes & Bois; de cultiver les Jardins, tant Fruitiers, Potagers, que Jardins Fleuristes; de conduire les Eaux, & faire generalement tout ce qui convient aux Jardins d'Ornemens: Avec un Traité de tout ce qui concerne la Cuisine, les Confitures, la Pâtisserie, les Liqueurs de toutes sortes; les chasses différentes, la Pêche & autres divertissemens de la Campagne; les mots Latins de tout ce qu'on traite dans ce Livre, & quelques Remarques curieuses sur la plûpart; le tout en faveur des Etrangers, & de tous ceux qui se se plaisent à ces sortes de lectures. Ouvrage très-utile dans les Familles. Par le Sieur *Loüis Liger*, in 4. 2. vol. 12. liv.

Abregé Chronologique de l'Histoire de France, *par le Sieur de Mezerai*, Historiographe de France. Nouvelle édition, augmentée de l'origine des François, & de leur établissement dans les Gaules; de l'état de la Religion, & de la conduite de l'Eglise dans les Gaules jusqu'au Regne de Clovis, & de la Vie des Reines que l'on a tirée de sa grande Histoire imprimée en 1685. en 3. vol. in folio, in quarto 3. vol. 40 liv.

——— *Idem* in 12. 10 vol. 40. liv.

L'Histoire de France sous le Regne de Loüis XIV. Par M. *Larey*, 9. vol. *in 12*. 30 l.

Les Loix Civiles dans leur ordre naturel, le Droit public, & *Legum delectus*, *folio* 2. *vol. sous presse*. 20. liv.

Zayde, Histoire Espagnole *par M. de Segrais*, avec l'origine des Romans, 2 vol. in 12. 5. liv.

Amusemens serieux & comiques, par M. du Fresny, in 12.

Les Œuvres de *Clement Marot de Cahors, Valet de Chambre du Roi*, revûës & augmentées de nouveau, in 12. 2 vol. 5. l.

Histoire de l'admirable Dom Quichotte de la Manche, in 12. 6. vol. avec Figures, nouvelle Edition, continuée jusqu'à sa mort. 30. liv.

Lucien de la Traduction de *M. d'Ablancourt*, avec des remarques sur cette Traduction, in 12. 3 vol. 9 liv.

Traduction des Satyres de Perse & de Juvenal, par le R. P. Tarteron de la Compagnie de Jesus, nouvelle Edition, corrigée & augmentée, 1714. 3. liv.

Fables choisies, mises en Vers *par M. de la Fontaine*, enrichies de Figures, in 12. 5. vol. *sous presse*. 9. liv.

Les mêmes en un Volume. 2. l. 10. s.

Histoire de la Conquête du Mexique, ou de la Nouvelle Espagne, par *Fernand Cortez*, traduite de l'Espagnol, in 2. vol. nouvelle Edition avec Figures. 6. liv.

Histoire de la découverte & de la conquête du Perou, traduite de l'Espagnol, in 12. 2. vol.

avec Figures. 6. l.

Instructions pour les Jardins fruitiers & potagers, avec un Traité des Orangers, & des réflexions sur l'Agriculture. Par *M. de la Quintinie*, Directeur des Jardins Fruitiers & Potagers du Roi, avec une nouvelle instruction pour la culture des Fleurs. Nouvelle édition, augmentée de la culture des Melons, de la maniere de tailler les Arbres fruitiers, d'un Dictionnaire des Termes dont se servent les Jardiniers en parlant des Arbres, & d'une Table des matieres, 1716. *in* 4o 2 *vol.* 15 liv.

Les Œuvres de Lucrece, Traduction nouvelle, augmentée de nouvelles remarques du *Baron des Coûtures*, in 12 2 vol. 6 liv.

Nouvelle & parfaite Grammaire Francoise, où l'on trouve en bel ordre tout ce qui est de plus necessaire, & de plus curieux pour la pureté l'orthographe, & la prononciation de cette langue, *par le* R. P. *Chiflet, de la Compagnie de Jesus*, huitiéme Edition, corigée & augmentée d'une Methode abregé de l'ortographe, de Regles & Remarques sur toutes les Lettres de *l'Alphabet. in* 80. 2. l. 10. s.

Traduction nouvelle de Roland l'Amoureux, *par M. le Sage*, 2 vol. in 12. ornés de figures. 5 liv.

Traduction nouvelle des Odes d'Anacreon, *par M. de la Fosse*, seconde édition augmentée de deux Odes, l'une de Pindare, & l'autre d'Horace, *in* 12. 3 liv.

Nouvelle Grammaire Espagnole, *par M. Perger*, in 12. 2 l. 10. s.

Voyage d'Alep à Jerusalem, *in* 12. 2 l. 10 s.

L'Arithmetique de M. le Gendre, derniere édition 1718. augmentée de la maniere de compter aux Jettons, *in* 12. 2 l. 10 s.

La Comtesse de Mortagne, *in* 12. 2. l. 10. s.

Le Jeu de l'Hombre, augmenté des décisions nouvelles, & des Regles sur les incidens de ce Jeu, avec la maniere de marquer à la Bavaroise, nouvelle édition, *in* 12. 2 liv.

Histoire de la Virginie, contenant celle de son établissement & de son gouvernement jusqu'à présent, les productions naturelles du Pays, la Religion, les Loix & les Coutumes des Indiens naturels, *par un Auteur natif & habitant de ce pays-là*, *in* 12. enrichie de figures en taille douce. 3 liv.

Ecole parfaite des Officiers de Bouche, qui enseigne les devoirs du Maître-d'Hôtel & du Sommelier, la maniere de faire les Confitures seches & liquides, les liqueurs, les Eaux, les Parfums, la Cuisine, à découper les Viandes, & à faire la Pâtisserie; *huitiéme Edition*, corrigée & augmentée des Pâtes nouvelles, & des nouveaux Ragoûts qu'on sert aujourd'hui. Avec des modeles pour dresser les Services de Table, *in* 12. 1715. 2 l. 10. s.

Les Œuvres de M. le Noble, Baron de S. George, contenant Zulima, Mylord Courtenai, l'Ecole du Monde, l'histoire de l'établissement de la République d'Hollande, Relation de l'état de Genes, Abramulé, Ildegerte: ses Pasquinades, Epicaris ou l'histoire secrette de la conjuration de Pison contre Néron, & celle des Pazzi contre les Medicis, ses Promenades, ses Contes, Fables & Poësies, les Avantures Provinciales, ou le voyage de Falaise, l'Avare genereux, la fausse-Comtesse d'Isamberg, Esope Comedie, Uranie ou le Tableau des Philosophes, Dissertation sur la naissance de Jesus-Christ, l'Esprit de David avec la Traduction de ses Pseaumes, & de courtes Reflexions 19. *vol.* in 12 40. liv.

L'Ambiguë d'Auteüil, ou veritez historiques, composées du Joüeur, du Nouvelliste, du Financier, du Critique, de l'Inconnu, du Sincere, du Subtil, de l'Hypocrite, & de plusieurs autres personnages de differens caracteres, *in* 2. 2. l.

Les Avantures d'Apollonius de Tyr, Livre rempli d'événemens, & écrit dans le même style que Telemaque, *par M. le B* . . . *in* 12. 2. l.

Le Voyageur Fidele, ou le Guide des Etrangers dans la Ville de Paris; qui enseigne tout ce qu'il y a de plus curieux à voir: les noms des Ruës, des Fauxbourgs, Eglises, Monasteres, Chapelles, Places, Colleges, & autres particularitez que cette Ville renferme; les Adresses pour aller de quartiers en quartiers, & y trouver tout ce qu'on souhaite, tant pour les besoins de la vie, que pour autres choses: Avec une Relation en forme de Voyage, des plus belles Maisons qui sont aux environs de Paris: le tout pour l'usage & l'utilité des Etrangers, *in* 12. 2. l. 10. s.

Abregé de Geographie, & de tout ce qu'il y a de plus remarquable dans chacune des quatre grandes parties de la Terre, particulierement dans l'Europe & dans le Royaume de France: le tout mis en ordre pour pouvoir être appris & retenu facilement par cœur, avec les routes des postes de France & d'Espagne, dédié à S. A. S. Monseigneur le Prince de Dombes, *Par M Poncein*, *in* 18. 2. l.

L'Eloge de la Folie, composée en forme de Déclamation *par Erasme de Roterdam*, avec quelques Notes de l'histoire, & les belles figures de Holbenius : le tout sur l'original de l'Académie de Bâle ; piece qui représentant au naturel l'homme tout défiguré par la sottise, lui apprend agréablement à rentrer dans le bon sens. Traduction nouvelle ; *par M. Guedeville*, *in 12. sous presse*, 5. l.

La Princesse de Cleves, *in 12. 2. vol.* 3. l.

THEATRE DE MESSIEURS

Corneille, nouvelle Edition, augmentée & enrichie de figures en taille-douce, 10. *vol. in 12.*

Racine, nouvelle Edition, 2. *vol in 12.*

Campistron, nouvelle Edition, augmentée d'une Tragedie & d'une Comedie, & ornée de figures, 4. l.

De la Fosse, 3. l.

Crébillon, augmenté de Sémiramis, 5. l.

Pradon. 3. l.

De la Grange, augmenté d'Ino & Melicerte, Tragedie, *sous presse*, 4. l.

Moliere, 8. *vol.* nouvelle Edit. 1718. augmentée de sa Vie, avec de nouvelles Remarques. 18. l.

Dancourt, 9. *vol.* nouvelle Edition, augmentée de plusieurs Pieces qui n'avoient point été imprimées dans les Editions précédentes, avec figures. 15. l.

Regnard, 2. *vol.* 6. l.

De la Font, *sous presse.* 3. l.

De Hauteroche, *sous presse.* 3. l.

De Nericaut Destouches, 2. *vol.* 4. l. 10. s.

De Baron, *sous presse.* 4. l.

Palaprat, seconde Edition, augmentée de plusieurs Comédies qui n'ont pas encore été imprimées, & d'un Recueil de Pieces en Vers, 2. *vol.* 6. l.

De Riviere, *sous presse.* 3. l.

Boindin. 3. l.

De Montfleury, 2. *vol.* 6. l.

De Rousseau, un *vol.* 3. l.

De Mademoiselle Barbier. 3. l.

Quinault, nouvelle Edition, augmentée d'un abregé de sa Vie, d'une Dissertation sur ses Ouvrages, & de l'origine de l'Opera, & de ses Opera, *in 12.* 5. *vol.* ornez de figures. 15. l.

Théatre François, ou Recueil des meilleures pieces de Théatre des anciens Auteurs, *in 12.* 3. *vol.* 9. l.

Théatre Lyrique avec une Préface où l'on traite du Poëme de l'Opera, & la Réponse à une Epître Satyrique contre ce spectacle, *par M. le Br. in 12.* 3. l.

Le onziéme volume des Opera, *in 12.* 3. l.

Les Œuvres de Scarron, *in 12. 10. vol.* 25. l.

Pieces nouvelles & separées à 15. sols piece.

Tragedies:

Mahomet II.
Idomenée.
Atrée.
Electre.
Caton d'Utique.
Absalon.
Cyrus.
Les Tyndarydes.
Saül.
Médée.
Herode.
Ino & Melicerte.
Polydore.
La mort d'Ulysse.
Mustapha.
Jonathas.
Habis.
Agrippa, ou le faux Tiberinus.
Marius.
Oedipe.

Le Curieux Impertinent.

Comedies:

Les Agioteurs.
L'Amour Charlatan.
Le Naufrage.
Danaé.
Turcaret.
Crispin Rival.
Le Jaloux désabusé.
Les Métamorphoses.
L'Amour vangé.
Esope à la Ville.
L'Usurier Gentilhomme.
Esope à la Cour.
L'Ecole des Amans.

Les Fêtes du Cours.

Comedies:

Le Verd Galant.
Sancho Pansa, Gouverneur.
La Devineresse.
L'Impromptu de Suresne.
Les trois Freres Rivaux.
La Coquette de Village, ou le Lot supposé.
La Coupe enchantée.
L'Aveugle clairvoyant.
Momus, Fabuliste.

Les Airs notez des Comedies Françoises, *par M. Gilliers, in 4.*

Medée.
Les Amours déguisez.
Arion.
Telephe.
Les Fêtes de Thalie.
Telemaque.
Les Plaisirs de la Paix.
Theonoé.
Ajax.
Les Plaisirs de l'Eté. } *Opera en paroles.*
Ariane.
Hypermnestre.
Camille.
Issé.
Le Jugement de Pâris.
Les âges.
Semiramis.
Polidore.
Telephe, Opera, noté.
Medée, noté.
Les Plaisirs de la Paix, noté.
Le quatriéme Livre des Motets *de M. Campra.*

Et toutes les autres Pieces de Theâtre, tant anciennes que nouvelles.

Le nouveau Theâtre Italien, 2. *vol.* 6. l.
Oeuvres de M. Despreaux, avec des éclaircissemens historiques donnez par lui-même, 2. *vol.* in 4. 20. l.
——— *idem.* Grand Papier. 38. l.
La connoissance parfaite des Chevaux, contenant la maniere de les gouverner, nourrir & entretenir en bon corps, & de les conserver en santé dans les voyages; avec un détail general de toutes leurs maladies, des signes & des causes d'où elles proviennent, des moyens de les prévenir, & de les en guérir par des remedes expérimentez depuis long-tems, & à la portée de tout le monde. Jointe à une nouvelle instruction sur le Haras, bien plus étenduë que celles qui ont paru jusqu'à présent, afin d'élever de beaux Poulains pour toutes sortes d'usages. On trouve aussi dans ce Livre l'Art de monter à Cheval, & de dresser les Chevaux de Manege, tiré des meilleurs Auteurs qui en ont écrit. Le tout enrichi de figures en taille douce, *in* 8. 4. l.
Nouveau Recuëil des plus beaux secrets de Medecine pour la guerison de toutes sortes de maladies, blessures & autres accidens qui surviennent au corps humain, & la maniere de préparer facilement dans les Familles, les remedes & les médicamens qui y sont nécessaires, avec un Traité des plus excellens préservatifs, contre la peste, fiévres pestilentielles, pourpre, petites veroles, & toutes sortes de maladies contagieuses, donnez par une personne charitable, augmenté des véritables Secrets naturels de *M. Lemery*, qui regardent la nature & l'art, avec d'autres Secrets fort curieux, & tirez de ce qu'il y a de meilleurs Auteurs en ce genre. 2. *vol. in* 12. 5. l.
Histoire de Gilblas de Santillanne, par *M. le Sage*, 2. édition, 2. *vol. in* 12. ornée de Figures, 5. l.
Le troisiéme vol. *sous presse.*
L'Imitation de Jesus-Christ en vers, *par M. Corneille*, in 12. ornée de figures, 3. l.
Anecdotes du Ministere du Cardinal de Richelieu, & du Regne de Loüis XIII. avec quelques particularitez du Commencement de la Regence d'Anne d'Autriche. 2. *vol.* in 12. 5. l.
Voyages de Jean Struys, nouvelle édition, *in* 12. 3 *vol.* 9. l.
D. Pedrile del Campo, *in* 12. *avec figures.* 3. l.
Les pensées sur la Comette, 4. vol. 16. l.
Histoire Comique de *Francion*, 2. vol. 6. l.
Voyage de *Thomas Gage*, 2. vol. 6. l.
Anecdottes de l'Empire Ottomanne, 4. vol. 6. l.
Tacite d'Amiot, 20. l.
Les Oeuvres de *Madame de Villedieu*, nouvelle Edition, 12. vol. 30. l.
Herodote, 3. vol. 7. l. 10. s.
Thucidide, 3. vol. 7. l. 10. s.
Histoire Universelle, *par Petaux*, 5. vol. 20. l.
Histoire Universelle, *par M. de Meaux*, 2. vol. 6. liv.
Contes des Fées, 8. vol. 16. liv.
Histoire du Triumvirat, 8. l.
Lettres de *Pline*, 12. l.
L'Art de parler François, 7. l. 10. s.
Histoire de la Bible de *Royaumont*, 3. l.
Morale Chrétienne, 4. 12. l.
La Perpetuité de la Foi, 3. vol. 25. l.
Les Voyages de *M. Tavernier*, *sous presse*, 6. vol. *in* 12.
Introduction à l'Histoire generale & politique de l'Univers, par *le Baron de Puffendorf*, *in* 12. 20. l.
La Vie des Saints, du Pere *Giry*, *in folio*, 3. vol. 40. l.
——— Idem, 2. vol. 30. l.
La Geometrie du Pere Lami, *in* 4°. 10. l.

www.ingramcontent.com/pod-product-compliance
Ingram Content Group UK Ltd.
Pitfield, Milton Keynes, MK11 3LW, UK
UKHW031934260826
14628UKWH00004B/1626

9 782013 095365